붓꽃으로 피다

이종옥 시집 붓꽃으로 피다

1판 1쇄 펴낸날 2023년 9월 27일
지은이 이종옥
발행처 (재)공주문화관광재단
펴낸이 이재무
기획위원 김춘식, 유성호, 이형권, 임지연, 홍용희
책임편집 박예솔
편집디자인 민성돈, 김지웅, 정영아
펴낸곳 (주)천년의시작
등록번호 제301-2012-033호
등록일자 2006년 1월 10일
주소 (03132) 서울시 종로구 삼일대로32길 36 운현신화타워 502호
전화 02-723-8668
팩스 02-723-8630
블로그 blog.naver.com/poemsijak
이메일 poemsijak@hanmail.net

ⓒ이종옥, 2023, printed in Seoul, Korea

ISBN 978-89-6021-733-1 03810

값 11,000원

*본 도서는 (재)공주문화관광재단(대표이사: 이준원) 사업비로 제작되었으며, 「2023 공주 신진문학인」 선정 작품집입니다

붓꽃으로 피다

이종옥

천년의시작

시인의 말

아침마다 텃밭에서 마주하는 작은 꽃 한 송이, 풀 한 포기에도 오래 눈길이 머문다. 그런 내 모습을 바라보시는 어머니의 따스한 눈빛과 체온이 텃밭 고랑마다 가득하다. 그 잊을 수 없는 어머니의 온기가 내 몸을 감쌀 때마다 나의 시심이 새싹 돋듯 솟아난다.

그림을 그리는 나에게 시 창작은 새로운 예술적 시도이며, 또 다른 체험의 확장과 심화다. 언어는 간결하고 침묵은 긴 행간에 나의 일상, 그리고 삶의 깨달음과 감동을 새기고 싶었다. 이 시집의 일부인 4음보 넉 줄 시 형식의 작품들은 그런 시도의 산물이다.

갈망하던 첫 시집, 먼발치에서 흐뭇하게 바라보고 계실 우리 엄마 임영옥 님께 드린다. 시 쓰기를 가르쳐 주시고 조언해 주신 분들, 특히 흔쾌히 이 시집의 해설을 써 주신 송재일 교수님, 선뜻 추천사를 써 주신 나태주 시인님, 기꺼이 출판해 주신 출판사 대표님, 그리고 공주문화관광재단 관계자 여러분께 감사드린다.

2023년 어느 가을날
공주 금강 자락 호구정好求亭에서 이종옥

차 례

시인의 말

제2부 차가운 세월을 빗질하고

제3부 구절초 한 송이 꺾어

제1부 그리움으로 다가오는 저녁

낮달

밤인지
낮인지도 모르고
마주 보는 얼굴

멀어진 시간
보고 싶었던 날들 속
서러운 세월

떨쳐 버릴 수 없어
바람 따라
찾아온 낯선 바닷가

하얀 그리움으로 다가와
얼굴 묻는
그림자

설중매

작년, 수줍게 핀
여린 꽃송이
눈에 아른거려
밤잠 설치고
찾아간 그 곳

희디흰 꽃송이
깊고 깊은 향기
은은하게 퍼트리며
미소 짓는 당신

닮고 싶어
슬며시 눈 감고
곁에서 서성이다가
맑아진 마음으로 돌아온
춘삼월의 오후

늦봄

향기에 끌려
꽃가루 뒤집어쓰고
뒹굴던 한낮의 절정

꽃봉오리
한 겹 또 한 겹 피어나는
수줍은 떨림

긴 봄밤
단조의 거문고 소리에
흐려지는 달빛

원추리

한여름
마당 깊은 집
불 밝히던
호롱불

지심도에서

동백이
흐드러진 곳
황홀경에
하늘도 붉다

송이째 떨어져
돌아서면
눈에 밟힌다

파도 따라
잠시 머물다 마음 두고
돌아온 황혼 녘

봄날은 간다

엉겅퀴꽃

숲길 끝,
상처 줄까 두려워
혼자 핀
보랏빛 꽃

한 발 더 가까이
차마 가지 못하고
떠나 버린
희미한 그림자

달 항아리

꽃잎 떨어지는
초사흘날 저녁

당신의 숨결 찾아
눈물 흘리던 날
밤하늘 언저리에서 만난

눈물 나게 보고 싶은
얼굴

명자꽃

봄이야

너무
궁금해

긴 속눈썹
감아 봐

눈

나뭇가지에
내려
꽃이 되고

땅에
내려
녹아 떠나지만

나는
강물에 내려
너에게로 간다

빈집 마루에 앉아

온기가 사라진 텅 빈 집

바람만
마루 끝에 홀로 앉아
봄빛에 몸을 씻는다

겨울 견뎌 낸 잡초
앞마당을 차지하고
대문 옆 화단에
모란꽃 흐드러지게 피어
늦봄에 젖는다

아무도 보아 주는 이 없어도
봄날은 지나가고
모란은 꽃잎을 떨군다

우리를 기억하는 것은
빈집 마루 위 액자 속
빛바랜 가족사진뿐

보름달

슬퍼요
보지 마세요
그리워요
그 눈빛

첫눈

눈에 붉은 핏발이 섰다
안약을 넣어도 약을 먹어도
붉은색은 더욱 선명해지기만 할 뿐

차곡차곡 시리게 쌓아 놓은
시간들은 차가운 겨울바람에
얼어서 굳어 가고 있다

그림자마저
희미하게 잊혀 갈 때
어스름한 가로등 불빛 아래로
붉은 핏줄이 터졌다

햇살에 얼음 녹듯이
얼어붙은 그리움이
붉은 가루로 흩날리며
녹아내리고 있다

동백

늦겨울 내내
온몸 불사르더니
송이째 떨어진다

떨어진
붉은 서러움을
모아서 만든
꽃 무덤

가슴속에서
다시 한번
붉은 꽃으로
서럽게 핀다

봄 마중

이맘때
떠나고 싶어
마음 먼저
남도로

달빛 속에

나비 날갯짓
작은 떨림인지
소리 없는 내린천

내 속삭임을 들었는가
바람 따라 간 그 자리에서
불현듯 웃고 있는 너

누가 너를 부른 것인지
누가 나를 불러냈는지
기적 같은 순간

베개 밑에 맺힌 그리움
달빛 속에 하나 되어 반짝인다

제2부 차가운 세월을 빗질하고

꽃잎, 떨어지다

달빛으로
빚어낸 눈물방울

누가 알까 봐
남몰래 떨어진다

모진 세월 위에
하얀 슬픔으로 물든다

네가 가고
나도 따라 지며

어디에서
어디로 가는가

알 수 없는
흔들림

초여름

미쳤나 봐

하늘 향해
머리 풀어헤친
보랏빛 라일락꽃

나를 흔드는
향기

종일토록 내리는
빗줄기 속에서

웃고 있는
소녀

소나기처럼 아팠던
그 시절을 줍는다

금강 가를 거닐며

매화 꽃잎
바람에 흩날리고
너도 나를 두고
강물처럼 떠나던 날
아픈 마음 저미며
강가를 걸었다

―괜찮아, 괜찮아
비단 물결 따라
반짝이며 토닥이는 윤슬

단발머리 소녀
머리카락 하얗게 변하는
세월을 지켜 주고
남은 시간도 함께할
어머니 품속

그곳, 가을날

눈물 나면
비 오고 눈 내리면
바람의 향기 따라 가는 곳
마음속 응어리 내려놓는
그곳

하얀 꽃은 떨어지고
무성한 나뭇가지 그림자만 보고
돌아오는 무거운 발걸음
낮술 한잔에
무너진 가슴
헛웃음으로 달래는
가을날 오후

자작나무

멀고 먼 긴 시간들
자작자작 타오르는 불빛으로
불 밝히며 기다리다
하얗게 변해 가는 뜨거운 심장

우윳빛 호수에서
재가 되어
사랑의 목소리로 들려오고

다시 만날 수 있을까
내 속에서 물결치고 있는
너의 슬픈 눈동자

봄, 헤어지지 못하다

가고 싶은 곳으로 가라고
멀리 보냈는데
먼 곳으로 가지 못하고

뒤돌아보며
긁힌 검은 레코드판 위에서
반복되어 울려 퍼지는

인생 한 소절

이 산 저 골짜기
진달래 무더기 속에서
부르며 헛손짓만 하고 있다

바람길

기다림
떠나간 자리
꺽꺽 우는
억새풀

하얀 달

찬 서리 내린 새벽
초저녁부터
애처롭던 하얀 달
손톱 끝에
물들여 붙잡아 보지만
동녘 붉은빛
물결에 야위어 가고
헛웃음 짓는
어제가 오늘로
그렇게 나는
살아간다

한란

차가운 세월을
곱게 빗질한
발걸음

향기로
휘어진 줄기
시간 속에 잠재우고

수줍게 내민
곱디고운
외씨버선

연잎

오세요
마음 상한 날
둥근 집
내 품으로

구절초

눈빛으로
마음으로

가슴앓이하며
주고받은
하얗게 변해 버린
지난날

꽃잎마다
맑고 그윽한 향기 담아
따뜻한 찻잔에서

다시 피어
환생하는 너

공산성에서

답답하면
발길이 간다

봄, 가을 소풍 가서
보물찾기 하며 뛰어다니던 곳
먼 옛날, 흰옷 입은 사람들과
세월을 함께한 곳

서녘 하늘 보랏빛 노을 속에
긴 그림자 드리우는
오래된 참나무 숲을 지나

천 수백 년을 견뎌 온 성벽 따라
수만 년을 흘러온 강물 따라
말없이 걷는다

내려올 때면 가벼워지는
세월의 무게

머물다 가는

연초록 잎사귀
늘 푸를 줄 알고
바람과 흔들리며
즐기다 보내 버린 날들

어느새 지나가고,
청춘은
마른 잎으로 남아
바스락거린다

머뭇거리다 출발하지 못하고
눈 깜짝할 사이 지나 버린
노랑 신호등처럼
속눈썹 끝에
잠깐 머물다 가는

별똥별

단 몇 분,
후두음으로 사랑 노래 부르고
무대에서 내려온 무명 가수처럼
짧게 지나는 허전한 오후

네 손을 놓고
울부짖던 지난 시간
길 잃고 헤매던 날들
마음 깊숙한 곳을 헤집는다

그래, 인생은 찰나야
한순간 떨어져 흩어지는
무심한 별똥별이야

금낭화

뒤따라
가고 또 가면
돌아볼까
눈웃음

손톱 달

늦가을, 텅 빈 유모차
아픈 허리 얹고
뒤뚱거리는 할머니

사랑이라는 이름과
그 긴 세월 숨바꼭질하던
등 굽은 할머니
씁쓸한 웃음 몇 조각만
유모차 네 바퀴에 걸렸다

어스름 저녁
하늘에 걸린 손톱 달
빈 웃음으로 건네는 말

훗날
너도 마찬가지야

커피를 마시며

감기 몸살로
그토록 좋아하는 너마저
저만큼 밀쳐 냈다

호되게
앓고 난 날

독특한 너의 향기에
영혼이 맑아지고
멀게만 보였던 것들도
가까이 왔다

깊이를 알 수 없는
너의 마음은
내 깊은 우물에서
또 다른 나로 피어났다

마곡사 금동보탑

태화산 깊은 자락
골 깊은 물길 휘돌아 나가는 곳
봄빛 마주한 오층석탑 위
금동보탑

대광보전이 불타도
비바람에 몸이 갈라져도
비로자나불만 바라보는
부릅뜬 눈

흔들리는 풍경風聲 소리
낮은 물소리로 흐르고
천 년의 시간 속에서
기다리고 기다리며

합장하는 중생들 마음속에
또다시 봄소식 올려놓는
저 해맑은 미소

제3부 구절초 한 송이 꺾어

장독대에서

뒤뜰 감나무 아래
장독들이 수런거린다

봄 햇살에 고추장 익어 가던 날
감꽃 엮어 목에 걸어 주시던
아버지

모깃불 피워 놓던 날
봉숭아 붉은 꽃 따서 손톱에 올려놓고
첫눈 기다리라던 어머니

이순 세월, 추회가
텅 빈 장독에서 익어 가고 있다

어머니

아침 안개 속
피어오른 계룡산 봉우리
꽃으로 피어나던 날

부처님 만나러 가시는
호미 등처럼 굽은 어머니
연꽃 봉오리 닮은
애잔한 목덜미
시려 오는 가슴

오월 어느 날
연꽃 바람 타고
부처님으로 다가오는
어머니

짧은 만남

새벽안개 짙게 내린
여름의 끝자락

그윽한 향기에 끌려
마음 문 열고 찾아간
그곳

연꽃잎 피는 소리
낯익은 목소리로 들려
돌아보는 순간
내 눈에 꽂히는

푸른 군복을 입은
맑은 눈동자

호박밭에서

뙤약볕에
정성껏 노란 꽃 피워
낮잠 깨울까 봐
초록 이불 덮어 토닥였다

밤새 불어 대던 비바람
여린 순 줄기 부러뜨려
설익은 애호박을 떨어뜨렸다

두들겨 맞은 몸, 밤새 뒤척이다가
아침 이슬에 겨우 일으키며
해님과 눈인사를 한다

남은 애호박에 이불을 덮는
거칠어진 손마디

어머니의 세월이다

초승달

초승달
창호지 너머
손짓하는
어머니

붓꽃으로 피다

당신은
유월이 오면
붓꽃으로 핀다

새벽, 다급한 전화벨 소리
전화 줄에 감겨 들려오는
꽃잎이 부서지는 소리
하얀 안개로 가득했다

온몸으로 안은
싸늘한 보랏빛 죽음
차마 함께 떨어지지 못했다

유월이면
그리움으로 찾아와
붓꽃으로 핀다

휘파람 소리

어릴 때 살던 동네 뒷동산 넘어가면
작은 시냇물, 금강을 향해 맑게 흘러간다
아버지 자전거 뒤에 타고 물고기 잡으러 가던 날

아버지의 허리를 꼭 끌어안았던 그 온기
회오리바람 일듯 투망 던지고 끌어 올리시던 아버지
그물 속에 파닥이는 건 피라미 몇 마리뿐
그것도 충분하다시며 불어 주던 휘파람 소리

노을 지는 보랏빛 물가, 물소리로 건너오는
세월 저편으로 떠난 아버지의 휘파람 소리

찔레꽃

언제나
하얀 저고리
어머니의
눈물 꽃

상추

붐비는 오일장에서
여린 모종 사다 심은 상추,
봄 햇살 속에서 어느새 성큼 커
아침마다 밑동
큰 잎을 뜯어낸다

봄내 새잎 자라나
행복한 시간 속
내줄 것 다 내주던
여리고 여린 상추 줄기는
어느새 심줄처럼 단단해졌다

노오란 꽃 피우는
상추 대 곁에서
쓸쓸히 웃고 서 있는
어머니

치과에서

앞니 빼고
울고 있을 때

들려오는 엄마 목소리
훠이 헌 이 줄게 새 이 다오

어금니 빠진 빈자리
혀끝이 닿으면

주름진 엄마 얼굴
가슴 저리다

부추꽃

씨 뿌려 키운 부추,
뭉툭한 손으로 다듬다가
부추꽃은 한쪽에 따로 골라 놓는다
골라낸 부추꽃으로
하얀 꽃다발 만들어 내밀며

홀로 사는
집에 들어갔을 때
야들이라도 있으면 마음이 덜 헛헛혀

무심하게 내뱉는 어머니 말씀
부추 다듬어 놓은 곳에
부추와 부추꽃이 자리가 바뀌는 것일까
세상에서 부추꽃 뺀 만큼
부추 향 같은 외로움을 느끼시나 보다

마음이 시린 한여름 아침이다

기억의 저편

마디 굵은 손,
하얀 구절초 한 송이 꺾어 내미신다
먼 길에 차멀미 할 수 있으니
향기 맡으며 가라고

하얀 눈 내리는 날에는
눈길에 넘어질까
싸리 빗자루로 길 내 주시던
허리 굽은 어머니

그곳에서는
꽃처럼 피어 있나요?
허공에 대고 물어보면
시린 모습으로 되돌아오는
기억의 저편

백목련

봄바람
하얀 손수건
눈물 닦던
어머니

천 번 달이 떴다 지면

짧은 만남
긴 여운
아롱아롱 멀어지는
아들의 뒷모습

보이지 않는 너
그림자 따라가고 싶어
무너져 내리는 가슴

천 번의 달이 떴다 지면
네 손을 잡을 수 있을까
되돌아오는 것은
쓸쓸한 혼잣말

돌아서는 무거운 발길
혼자서 살아갈 남아 있는 날들
가랑비 내려 적신다

그 바람 그대로인데

가지가 키보다 더 크면
내년에 여린 순 따기 힘들다며
엄나무 가지 낫으로
툭툭 쳐 주던 손길
햇살 그 바람 그대로인데
함께하지 못하고 말라 버린 지 오래

그렇게 떠나가는 사람들 사이로
잊혀 가는 기억 붙잡고 있지만
해가 지나면 지날수록
체에서 모래 빠져나가듯
좋은 기억들은 점점 줄어들고
서운한 것들만 생각난다는 어머니

요즈음은 왜 이렇게
다리에 힘이 없는지
어떤 때는 수화기 너머 소리도
잘 들리지 않는다고
가벼워진 몸 살며시 기대며
손등으로 눈물 훔치시는 어머니

한 송이 메꽃

어깨 아프시다 하여
병원에 모시고 가니
종이 한 장도
들지 말라는 의사의 말
알겠다고 하시더니
어느새 밥상 차려 놓으셨네
먹는 모습만 봐도 좋으시다며
흐뭇하게 바라보신다

하나, 둘 저세상으로 떠나는
친구들 생각하셨을까
깊은 한숨 속에 자신도 모르게
낮은 목소리로 읊조리시며 하는 말
그니도 가고
이니도 가고
그러니 나도 가야지

감고 올라갈 나무 없어도
곧게 버텨 여든 번 해를 맞이한

눈물 젖은 분홍빛

한 송이 메꽃

봄날은 간다

어르신 돌봐드립니다

나무토막 같은 엄지손가락 없는 왼손
마른 종이꽃으로 허공에 걸린 현수막에 아른거린다

하늘바라기 텃논, 모내기하는 날
모판 가득 실은 운전석 옆자리 겨우 앉아
산모퉁이를 돌다 모판 무게에 못 이겨 넘어지는 경운기
돌고 있는 모터 속으로 들어가 버린 엄지손가락

말 배우기 시작한 어린 손녀

―할머니 왜 손가락이 없어?
―괭이가 물어 갔지

얼버무린 세월의 무게만큼
굽은 등 뒤로 슬그머니 손을 감추며
쑥스러워하는 어머니

유난히 크게 들리는 소쩍새 울음소리
넘치는 눈물 가슴속으로 삼키며
돌아오는 어스름한 저녁
어김없이 올해도
봄날은 간다

늦가을 고추밭

지친 햇살 사이로
남아 있는 고추밭의 고춧대
고추 한두 개만
지지대에 간신히 기대어 있다

누렇게 빛바랜 고추들 사이로
간신히 줄기 뻗어
지쳐 누워 있는 강아지꽃
간신히 줄기 뻗어 손 내밀어 본다

서로 눈빛으로 눈인사만 할지라도
그것만으로도 충분하다고
손사래 치며 돌아서는
허리 굽은 어머니

제4부 봄까치꽃도 눈을 감고

하루살이

하루살이도
한해살이 들풀도
알고 있다

너는 알지만
모른 척하고
나도 모른 척한다

늙은 느티나무도
하나의 나이테를
더 만들기 위해 눈을 감는다

우리는
하루하루
그렇게 하루살이로 살고 있다

평사리에서

꽃 진 자리
연둣빛 새순 따라
구불구불한 길 끝에서 만난
평사리

작은 정사각형 원고지
네모 안에 묻어 버리고

세월 지나 하얀 머리
두꺼운 안경알 너머로
모진 세월 지났다며
맑은 눈빛으로 이야기하는
둥근 마음을 가진
토지, 그 여자

남의 집 앞마당에서
하얀 작약으로
전해 주는 시린 이야기

섬진강 물길 따라
질펀하다

옥잠화

친하지는 않았어도
가끔씩 소식이 궁금한 사람
가끔씩 미소가 생각나는 사람
또 가끔씩 보고 싶은 사람

문득 오늘 아침
하얀 얼굴 수줍게
맑은 눈빛으로 마주한
옥비녀, 그 사람

벚꽃

봄바람
선녀 옷자락
떨어지는
눈물 꽃

통성명

여러 해 동안
집 앞 모퉁이 채소밭에 날마다 보던 풀
이름도 모르고 무심히 뽑아내기만 했다
그 이름을 알고 싶어
사전을 찾아봐도 알 수 없었다

세월이 흐르고 흘러도 알지 못하는
너와 나처럼

빈자리

염증에 시달리다가
이를 뺐다

숭숭 바람
빈자리를 들락거린다

너를 나인 줄 알고
살아 왔던

혀끝으로 느끼는
내 흉터의
빈자리

갱년기

멋진 화음만 생각하고
높은 소리를 내고 싶어도
낮은 소리만 내고 살았지요

부르는 노래는
늘 낮은음이었고
적당한 거리를 두었지요

이제는
높은 소리로 화음을
맞추고 싶어요

당신은
거기 계세요
그만큼의 거리에

불면

지난날
하얀 뒤안길
떠다니는
그림자

여행 후

어제 아침에 본
푸른 바다가
오래전에 만난 친구처럼
아득하다

너와 나, 밤 새워
꽃피우던 이야기는
바람처럼 돌아앉아
저만치 들리지만

함께 듣던
파도 소리, 바다 냄새
잠결 속에서도
살며시 고개를 든다

솟대

장대비
온몸으로 맞으며
나뭇가지 위에 앉았다

등 돌리고 앉아
새끼에게 먹일 먹이
입에 물고 울고 있는
어미 새

어디론가
떠나 버린 새끼들

기다리다
솟대 위
새가 되었다

봄까치꽃

금강, 아침 안개
한 폭 비단으로 피어오른다

가까이 보이던 공산성
안개 속 희미한 그림자로 숨어들 때
살며시 눈 비비고 쭈뼛거리며
얼굴 내미는 봄까치꽃

금강 가 분주히 오가는 얼굴들
마스크로 가린 채 안개 속으로 숨어든다
언제부터 얼굴 마주치지 않고 살아야 했는가
눈과 눈이 마주쳐도
냉랭한 눈빛만 오가는 아침

막 꽃 피우려던 봄까치꽃도
싱긋 눈인사만 남긴 채 눈을 감는다

콩나물

가을 하늘을 품은
작은 콩알들

검은 천으로
세상과 인연 끊고
오롯이 물만 기다린다
시끄러운 세상 듣기 싫어
좁은 공간 속에 의지한 채
눈감은 시간들

하얀 화선지 위에
마음을 그린다

어느 봄날

휴대폰 갤러리를 뒤적였다

작년, 벚꽃 활짝 핀 꽃그늘 아래
활짝 웃으며 내 오른쪽 어깨에
손을 살짝 얹고 있는 모습

꽃나무 가지처럼 행복이 가득하지만
셔터를 누른 다음, 제자리로 돌아서면
떨어지는 꽃잎처럼 흩어져 버린다

그때, 우리도 그랬지
사진 속에서 활짝 웃던 너와 나는
어디론가 떠나고 벚꽃만 웃고 있다
엊그제의 행복도 기억하지 못하는

어느 봄날

천 년의 속삭임

처음 부모님 곁을
떠나 살던 젊은 날
네온사인 사이로 들려오던
숨 막히던 그대 목소리

천오백 년의
시간과 공간을 가로질러
하얀 화선지에서 날고 있는
봉황새의 울음소리

은빛 머리카락 사이
지난날을 회상하며
붉은 노을 속으로 걸어가는
발걸음 위에 피어나는
하얀 꽃물결

신선을 부르는
동탁은잔의 속삭임

호수

산과 숲
물속에 잠겨
숨어 우는
그림자

쇠비름

모퉁이 채마밭 한가운데
빚 받으러 온 사람처럼
다리 쭉 펴고 자리 잡은
쇠비름

초대받지도 못한 주제에
그 당당하고 뻔뻔함에
한여름 뙤약볕도
눈을 감았다

꽃반지 끼고

한여름 날
길가의 토끼풀 사이로 고개 내민 꽃
반지 만들어 작은 손가락에 끼워 주면
앞니 빠진 얼굴로 활짝 웃었다

시간이 훌쩍 지나
딸에게 꽃반지 만들어 주었더니
반짝반짝 빛나는 것이 좋다며
마지못해 손가락을 내민다

꽃반지 끼던 세월은 가고
추억 남기기 위해
또 다른 너에게
무슨 반지 끼워 주면 좋을까

동탁은잔

긴 장맛비 내리던 날
참았던 숨 크게 쉬려 했는데
온몸에 묻은 진흙 털기도 전
또다시 진흙투성이로
숨 참으며 지내던 날들
강산이 수십 번 바뀌고
기억이 혼미해지려 할 때

왕비 머리맡 지키던 봉황새
시간과 공간을 뛰어넘어
보랏빛 환상으로
접었던 날개 다시 펴는 날갯짓
긴 잠 깨웠다
너를 처음 만났을 때처럼

그리움의 언어로 그린 한 폭의 수묵채색화
―이종옥 시집 『붓꽃으로 피다』

송재일(문학평론가, 공주대 명예교수)

1

이종옥 시인은 화가이자 시인이다. 시인은 미술을 전공하고 그동안 수묵채색화를 그려왔다. 이종옥 시인은 2017년에 첫 개인전 《愛》를, 2019년에 공주 정경을 화폭에 담은 두 번째 개인전 《달빛愛》展을 열었다. 2020년에는 뜨락의 정겨운 풍경과 향수를 담은 《뜨락애》라는 주제로 세 번째 개인전을 열었다. 그리고 수많은 초대전에 출품하였다. 시인은 세 번째 개인전에서 뜨락의 멋과 시골의 정취를 수묵채색화로 표현하였다. 이 전시회 작품들을 통해 이 시인은 문밖에서 안을, 안에서 문밖을 바라보는 다양한 정서와 추억을 정감 있는 공간 표현으로 담아냈다. 이종옥 시인의 시를 읽으면 그의 수묵채색화가 언어기호로 자리바꿈을 한 듯하다.

이종옥 시인이 주변의 사물들을 시적 대상으로 인식할 때 가장 많이 등장하는 소재는 꽃이다. 그의 시적 소재가 아닐지라도 꽃이 시집의 구석구석을 차지한다. 그의 시에는 우리 주변에서 늘 만나는 꽃들이 등장한다. 꽃은 우리에게 아름다움과 정서적 위안을 준다. 화사한 봄날을 알리는 희소식이기도 하고, 아름다움이나 경사스러운 일을 나타내기도 하며, 젊음과 사랑을 상징하기도 한다. 그러나 지는 꽃은 이별, 죽음, 상처, 아픔, 서러움, 안타까움 등 부정개념으로 사용되기도 한다. 그렇다면 이 시인의 시에 왜 그렇게 많은 꽃들이 시적 소재로 등장할까?

두 번째로 많이 등장하는 시적 소재는 어머니를 비롯한 가족이다. 특히 어머니는 인간의 본원적인 고향이기 때문에 '어머니'라는 말만 들어도 가슴이 뭉클해진다. 어머니는 눈물이라는 말도 있다. 우리 어머니들은 고된 삶 속에서도 강인함과 생명력을 가진 존재였다. 보이지 않는 곳에서 자신을 희생하여 묵묵히 일하며 자식에게 헌신하는 모습이었다. 이러한 어머니에 대한 이미지를 이종옥 시인은 어떻게 시적으로 형상화할까?

그다음으로 많이 등장하는 시적 소재는 달이다. 시인의 달에 대한 감성은 아마도 공주 정경을 화폭에 담은 두 번째 개인전 《달빛愛》展과 무관하지 않으리라 추측된다. 그 외에 시인이 시적 대상으로 삼은 것은 눈, 집, 강, 나무, 풀, 바람, 산사, 장독대, 계절 등의 자연과 역사적 산물인 공산성, 유물, 솟대 등이다. 그리고 일상에서 일어나는 다양한 일들을 그의 시에 수용하고 있다.

이종옥 시인의 시를 떠받치고 있는 정서는 그리움이다. 이 시집에서 꽃, 어머니, 달 그리고 자연물과 일상의 일들에 대한 시적 표현에는 아쉬움, 안타까움, 향수, 후회, 자책, 원망, 외로움 등 애타는 마음이 배어 있다. 이는 인간 본연의 정서인 그리움으로 함축할 수 있다. 시인의 시적 표현은 시인이 세 번째 개인전에서 수묵채색화로 표현한 다양한 정서와 추억을 정감 있는 공간 표현으로 담아낸 것과 상통하지 않을까? 이종옥 시인은 자연과 삶 속에서 빚어지는 그리움의 정서를 언어로 표출하는 작업을 통해 인간 존재의 근원에 대한 물음을 던지고 있던 것이 아닐까?

2

이종옥 시인이 즐겨 사용하는 시적 소재는 '꽃'이다. 그의 시에는 구절초, 설중매, 원추리, 동백, 엉겅퀴꽃, 명자꽃, 모란, 라일락, 매화, 진달래, 한란, 금낭화, 감꽃, 연꽃, 붓꽃, 찔레꽃, 상추꽃, 부추꽃, 목련, 메꽃, 작약, 옥잠화, 벚꽃, 봄까치꽃 등 수많은 종류의 꽃들이 등장한다. 과연 그의 시에서 꽃이 의미하는 것은 무엇일까?

늦겨울 내내
온몸 불사르더니
송이째 떨어진다

떨어진
붉은 서러움을
모아서 만든
꽃 무덤

가슴속에서
다시 한번
붉은 꽃으로
서럽게 핀다

　　　　　　　　　　　　　　　　　—「동백」 전문

　이 시는 간결하다. 시적 화자는 늦겨울 내내 온몸 불사르
듯 붉게 피었던 동백꽃이 송이째 떨어지는 모습을 목격한
다. 떨어진 꽃잎들이 소복하게 쌓여 있는 정경을 "붉은 서러
움을/ 모아서 만든/ 꽃 무덤"으로 인식하게 된다. 시적 화자
는 이러한 동백꽃이 지는 모습을 보고 이와 우리의 인생을 환
치시킨다. 우리는 태어나서 화려함을 자랑하지만 세월이 흐

르면 피어난 가지에서 떨어지는 꽃처럼 흙으로 돌아가야 한다. 그래서 시적 화자는 안타깝고도 서럽다. 시적 화자는 그 안타까움과 서러움을 잊고 싶지 않다. 오히려 추위 속에서도 온몸 불사르던 사랑과 열정을 그리워한다. 그러나 이는 간절한 그리움일 뿐이지 현실에서 이루기에는 불가능하다. 그래서 "가슴속에서/ 다시 한번/ 붉은 꽃으로"라도 피워 내고 싶어 한다. 하지만 가슴속에서 그 꽃을 피워 내도 서러운 것은 어쩔 수 없는 일이다.

「지심도에서」라는 시에서 동백꽃이 흐드러져 황홀경에 다다르지만 "송이째 떨어져/ 돌아서면/ 눈에 밟힌다". 돌아오는 황혼 녘에도 마음을 거기에 두고 있다. 시적 화자는 눈에 밟히는 떨어지는 꽃을 보고 "봄날은 간다"고 허무해한다. 이는 시적 화자의 인생에서 봄날이 간다는 안타까움으로 이해할 수 있다. 「꽃잎, 떨어지다」라는 시에서도 시적 화자는 낙화를 "달빛으로/ 빚어낸 눈물방울"로 인식하고 "누가 알까 봐/ 남몰래 떨어진다"고 진술한다. 남몰래 떨어지는 꽃은 "모진 세월 위에/ 하얀 슬픔으로 물"들었다. 이러한 자연현상을 보고 시적 화자는 "나도 따라 지며// 어디에서/ 어디로 가는가"를 자문한다. 우리가 태어나서 살아가다가 떠나야 한다는 것을 모르는 사람은 없다. 그러나 인간이기에 죽음을 초월하지 못하고 "알 수 없는/ 흔들림"으로 살아갈 수밖에 없다.

'꽃'을 소재로 하거나 '꽃'이라는 어휘를 사용하는 많은 시편들에서 '떨어진다' '흩날린다' '부서진다' '지쳤다' 등과 같이

꽃과 함께 사용되는 동사는 부정개념의 의미를 지닌다. "꽃잎 떨어지는/ 초사흗날 저녁"(「달 항아리」), "떨어지는/ 눈물/ 꽃"(「벚꽃」), "봄날은 지나가고/ 모란은 꽃잎을 떨군다"(「빈집 마루에 앉아」), "매화 꽃잎/ 바람에 흩날리고"(「금강 가를 거닐며」), "꽃잎이 부서지는 소리/ 하얀 안개로 가득했다"(「붓꽃으로 피다」), "지쳐 누워 있는 강아지꽃"(「늦가을 고추밭」), "떨어지는 꽃잎처럼 흩어져 버린다"(「어느 봄날」) 등이 그 예다. '떨어지다'라는 어휘에 직감할 수 있는 의미는 허무함이나 서러움, 안타까움 등이다. 이는 우리 인간이 숙명적으로 가지는 정서다.

이종옥 시인의 시에서 등장하는 꽃은 허무함과 안타까움 그리고 서러움 등 부정개념만 있는 것은 아니다. 다음 시에서 시인이 '꽃'의 이미지를 어떻게 형상화하는지 살펴보자.

작년, 수줍게 핀

여린 꽃송이

눈에 아른거려

밤잠 설치고

찾아간 그 곳

희디흰 꽃송이

깊고 깊은 향기

은은하게 퍼트리며

미소 짓는 당신

닮고 싶어

슬며시 눈 감고

곁에서 서성이다가

맑아진 마음으로 돌아온

춘삼월의 오후

—「설중매」 전문

  이 시의 시적 화자는 설중매를 보러 간 것이 처음이 아니다. "작년, 수줍게 핀/ 여린 꽃송이/ 눈에 아른거려" 올해 다시 "밤잠 설치고" 기다리다가 '찾아'갔다. 꽃 피기를 겨우내 고대하다가 드디어 설중매를 만난다. 그 만난 순간의 환희를 "희디흰 꽃송이/ 깊고 깊은 향기/ 은은하게 퍼트리며/ 미소 짓는 당신"이라고 표현한다. 매화꽃이 핀 다음 눈이 내려 꽃을 눈으로 덮은 모습을 '설중매'라고 한다. 시적 화자는 이 매화꽃을 '희디흰'이라는 표현과 같이 순결과 순수의 이미지로 표현하였다. 또한 매화꽃을 깊고 깊은 향기를 발하고 은은하게 퍼트리는 미소 짓는 당신이라고 하였다. '당신'은 종교적 대상을 지칭하여 사용할 때는 대상물을 아주 높여 가리키는 말이기도 하다. 이 시에서 시적 화자가 눈에 덮인 매화꽃을 존경의 대상으로 삼은 것은 바로 그 기품을 "닮고 싶어"서 였다.

  조선 시대 말기 문인화가 조희룡은 매화를 잘 그리고 좋아했다. 그는 자기가 그린 매화 병풍을 두른 채, 매화차를 마시며, 매화 시를 쓸 정도로 매화를 극진히 사랑했다. 그는 매화를 존경스러운 '선생님'이라고 불렀다. 이와 같이 매화는 사군자의 하나로 선비들이 즐겨 가까이 두었던 꽃이다. 매화는 이른 봄의 추위를 무릅쓰고 제일 먼저 꽃을 피우고, 깊은 산중에서 은은한 향기를 멀리까지 퍼뜨린다. 대단한 인기를 끌었던 문화방송의 연속극에서 여주인공인 인수대비를 기품이 있고, 고매한 여성이라는 의미로 극의 제목을 《설중매雪中梅》라고 붙였다. 어느 주류 회사에서 매실주 이름에 '설중매'라는 말을 붙이면서 그 술병에 '눈 속에 핀 매화 설중매'라고 쓰고 그 밑에 '매화는 일생을 춥게 살아도 그 향기를 팔지 않는다'라는 구절을 넣기도 하였다. 이처럼 우리들의 마음에 새겨진 눈 속에 핀 매화는 춥게 살아도 순수하고, 기품이 있고, 고매한 여인을 상징한다. 시적 화자는 바로 이러한 여인의 모습을 닮고 싶어 밤새 잠을 설치고 찾아가 그 향기에 취해 서성인다. 마음껏 매화 향기에 젖어 들고 나니 마음까지 맑아졌다. 이렇게 시적 화자는 이른 삼월 오후에 설중매를 만나 행복에 젖어 든다.

이처럼 이종옥 시인의 시에서 꽃은 아름다움과 정서적 위안을 주기도 한다. 시 「늦봄」에서 "꽃봉오리/ 한 겹 또 한 겹 피어나는/ 수줍은 떨림"이라 하여 꽃봉오리가 한 겹 한 겹 피어나는 광경을 '수줍은 떨림'으로, 「초여름」에서는 "보랏빛 라일락꽃"의 향기가 "나를 흔"든다고 표현하였다. 「한란」에서는 난꽃을 "수줍게 내민/ 곱디고운/ 외씨버선", 「붓꽃으로 피다」

에서는 그리운 아버지를 "당신은/ 유월이 오면/ 붓꽃으로 핀
다"라고 표현하였다. 그리고「옥잠화」에서는 어떤 그리운 대
상을 "하얀 얼굴 수줍게/ 맑은 눈빛으로 마주한/ 옥비녀, 그
사람"이라고 '옥잠화'에 비유하였다.

　　다음으로 이종옥 시인의 시에서 자주 등장하는 어머니와
가족을 소재로 한 시편들을 살펴보자. 우리는 부모 사이에
서 출생하여 성장하고, 세월이 가면 부모를 떠난다. 새로 만
난 사람들, 환경, 사회 속에서 길들이고 길들여지는 과정을
거치는 동안 정체성 혼란을 빚기도 한다. 또한 타자로 살아
가면서 고독한 일상을 견디기도 한다. 특히 가족 중에서 어
머니의 존재성은 자신의 정체성과 소중함을 일깨우는 역할
을 한다. 세상을 떠난 어머니라면 어머니에 대한 회상에는
그리움과 슬픔 그리고 상실감이 동반된다. 이 그리움과 슬
픔은 어머니를 향한 사랑과 감사의 표현이기에 더욱 상실감
이 커진다. 그러나 어머니에 대한 감정은 때로는 위로와 안
정감을 주기도 하며, 다양한 시적 영감을 주기도 한다. 이종
옥 시인에게서 가족은 근원적인 본향으로 그리움이며, 향수
이고, 애잔함이다.

　　뒤뜰 감나무 아래
　　장독들이 수런거린다

봄 햇살에 고추장 익어 가던 날
감꽃 엮어 목에 걸어 주시던
아버지

모깃불 피워 놓던 날
봉숭아 붉은 꽃 따서 손톱에 올려놓고
첫눈 기다리라던 어머니

이순 세월, 추회가
텅 빈 장독에서 익어 가고 있다

—「장독대에서」전문

　고향 집에는 뒤뜰에 감나무가 서 있고, 그 아래 장독대 위
에 크고 작은 질그릇 장독들이 정겹게 놓여 있다. 이 시의 시
적 화자는 이러한 풍경을 "뒤뜰 감나무 아래/ 장독들이 수런
거린다"라고 한다. 장독대를 바라보면서 "봄 햇살에 고추장
익어 가던 날/ 감꽃 엮어 목에 걸어 주시던/ 아버지"를 회상
해 낸다. 감꽃을 실에 꿰어 목걸이를 만들어 사랑하는 딸에
게 걸어주던 모습, 이 얼마나 자상한 모습인가. 또한 "모깃불
피워 놓던 날/ 봉숭아 붉은 꽃 따서 손톱에 올려놓고/ 첫눈
기다리라던 어머니"를 떠올린다. 이 얼마나 사랑스러운 모습
인가. 하지만 그러했던 아버지와 어머니의 따스하고 사랑스
러운 손길은 떠나고 장독대만 남았다. 시적 화자는 "이순 세

월"이 흘러 장독대를 바라보니 어머니의 정성이 가득했던 장독들이 비어 있어 더욱 아버지와 어머니에 대한 그리움으로 추회에 젖어 든다.

우리는 철이 들면서 가족 중에서도 '어머니'라는 말을 들으면 눈물이 난다. 이종옥 시인의 시에는 유난히도 '어머니'라는 단어가 많이 등장한다. 시인이 '어머니'라는 시어에 자신의 생각이나 느낌, 또는 사실 등을 끌어와 어떤 기호로 나타내고, 구체적인 사물이나 감각화된 표상을 활용하는지 살펴보자.

마디 굵은 손,
하얀 구절초 한 송이 꺾어 내미신다
먼 길에 차멀미 할 수 있으니
향기 맡으며 가라고

하얀 눈 내리는 날에는
눈길에 넘어질까
싸리 빗자루로 길 내 주시던
허리 굽은 어머니

그곳에서는
꽃처럼 피어 있나요?
허공에 대고 물어보면

시린 모습으로 되돌아오는

기억의 저편

―「기억의 저편」 전문

이 시에서는 "기억의 저편"에 남아 있는 어머니의 모습을 회상한다. 어머니는 손마디가 굵어져 있다. 일생을 일하면서 살았기에 손마디가 굵었을 것이다. 어머니는 차멀미를 하지 말라고 구절초를 꺾어 주고, 넘어질까 눈을 쓸어 주었다. 그러한 어머니에 대한 기억은 "허리 굽은 어머니"로 남아 있다. 그리운 어머니이기에 허공에 대고 "그곳에서는/ 꽃처럼 피어 있나요?"라고 물어 본다. 이러한 물음은 이승에서 고생했던 어머니가 저승에서 편안하게 행복하게 살아가라는 간절한 바람에서 나왔을 것이다. 그러나 이승에서의 어머니의 모습은 여전히 "시린 모습"으로 기억 저편에서 다가온다.

아침 안개 속

피어오른 계룡산 봉우리

꽃으로 피어나던 날

부처님 만나러 가시는

호미 등처럼 굽은 어머니

연꽃 봉오리 닮은

애잔한 목덜미

시려 오는 가슴

오월 어느 날
연꽃 바람 타고
부처님으로 다가오는
어머니

—「어머니」 전문

　이 시에서 시적 화자는 "호미 등처럼" 등이 굽은 어머니를
소환한다. 이는 평생 자식을 비롯한 가족을 위해 일만 했던
어머니로 표상된다. 그러한 어머니가 왜 부처를 만나러 갈
까? 아마도 자신을 위한 마음은 조금도 없었을 것이다. 부
처는 수행을 거쳐 일체의 번뇌를 끊고 무상의 진리를 깨달아
중생을 교화했던 석가모니를 존경하여 부르는 말이다. 이러
한 부처에게 어머니는 가족의 안녕과 자식이 잘되길 간절히
빌었을 것이다. 이렇게 가족을 위해 헌신했던 어머니를 진흙
밭에서도 맑고 아름다운 꽃을 피우는 연꽃과 닮았다고 한다.
연꽃 봉오리를 닮은 어머니에 대한 회상은 애잔함과 가슴 시
려 옴으로 다가온다.

　이종옥 시인은 어떤 사물을 볼 때마다 자주 어머니를 떠
올린다. 호박밭에서도 "거칠어진 손마디"의 "어머니의 세월"
(「호박 밭에서」)을, 초승달을 보아도 "손짓하는/ 어머니"(「초승달」)
를, 상추를 보아도 "노오란 꽃 피우는/ 상추 대 곁에서/ 쓸쓸

히 웃고 서 있는/ 어머니"(『상추』)를, 늦가을 고추밭에서도 "허리 굽은 어머니"(『늦가을 고추밭』)를, 백목련을 보아도 "눈물 닦던/ 어머니"(『백목련』)를 떠올려 추회한다. 또한 메꽃을 보고 어머니로 상징된 "눈물 젖은 분홍빛/ 한 송이 메꽃"(『한 송이 메꽃』)을 떠올리고, 찔레꽃을 보아도 "하얀 저고리/ 어머니의/ 눈물 꽃"(『찔레꽃』)으로 어머니가 다가오며, 치과에 가서도 "휘이 헌 이 줄게 새 이 다오"라는 "들려오는 엄마 목소리"에 "주름진 엄마 얼굴"을 소환하고 "가슴 저"(『치과에서』)려 한다. 그리고 시인은 "잊혀 가는 기억 붙잡고 있지만/ 해가 지나면 지날수록/ 체에서 모래 빠져나가듯/ 좋은 기억들은 점점 줄어들고/ 서운한 것들만 생각난다는 어머니"를 기억하며, "다리에 힘이 없는지/ 어떤 때는 수화기 너머 소리도/ 잘 들리지 않는다고" 하며 "손등으로 눈물 훔치시는 어머니"(『그 바람 그대로인데』)를 회상한다.

그리워하는 것은 어머니뿐만 아니라 아버지와 아들도 등장한다.

어릴 때 살던 동네 뒷동산 넘어가면
작은 시냇물, 금강을 향해 맑게 흘러간다
아버지 자전거 뒤에 타고 물고기 잡으러 가던 날

아버지의 허리를 꼭 끌어안았던 그 온기
회오리바람 일듯 투망 던지고 끌어 올리시던 아버지

그물 속에 파닥이는 건 피라미 몇 마리뿐

그것도 충분하다시며 불어 주던 휘파람 소리

노을 지는 보랏빛 물가, 물소리로 건너오는

세월 저편으로 떠난 아버지의 휘파람 소리

—「휘파람 소리」 전문

이 시는 어릴 때 아버지의 자전거 뒤에 타고 고기 잡으러 갔던 추억을 소환한다. 시적 화자의 마음속에 어릴 때 보았던 산과 시내, 강이 떠오른다. 아버지가 고기 잡으러 가던 날, 아버지 자전거 뒤에 타고 아버지 허리를 꼭 잡았을 때의 온기를 기억한다. 피라미 몇 마리밖에 잡지 못했지만 만족해하며 휘파람을 불던 아버지를 떠올린다. 시적 화자는 "노을 지는 보랏빛 물가"에서 물소리를 들으며, 그 물소리는 "세월 저편으로 떠난 아버지의 휘파람 소리"로 들려온다. 이 시에서는 어린 시절 아버지의 따스한 정과 고향의 정겨운 향수가 듬뿍 묻어난다.

아버지에 대한 그리움은「붓꽃으로 피다」에서도 표출된다. 아버지가 위급하다는 전화에서 들려오는 음성을 "꽃잎이 부서지는 소리"로 표현하였고, "온몸으로 안은/ 싸늘한 보랏빛 죽음"에서 "차마 함께 떨어지지 못했다". 그래서 시적 화자는 해마다 저 세상으로 떠난 아버지가 "유월이면/ 그리움으로 찾아와/ 붓꽃으로 핀다"고 진술한다. 그리고「짧은 만남」

「천 번 달이 떴다 지면」「달빛 속에」 등에는 군대에 간 아들에 대한 안타까움과 그리움이 새겨져 있다.

한편, 이종옥 시인의 시에서 자주 만나는 소재는 달이다. 그의 시에는 낮달, 초승달, 보름달, 손톱 달, 달빛, 하얀 달 등이 등장한다. 달은 해와는 달리 어둠과 신비로움을 상징한다. 고대부터 각 나라의 신화나 문화에서 달은 여성성과 정신성을 나타내는 요소로 여겼다. 달은 어둠, 신비, 감성의 상징으로서 내면의 감정과 정서를 나타내기도 한다. 달은 우리의 어둠과 불확실성을 표현하기도 하며, 우리의 내면세계와 깊이 연결되어 있는 시적 소재다.

슬퍼요

보지 마세요

그리워요

그 눈빛

　　　　　　　　　　　　　　　　　—「보름달」 전문

이 시는 시조 종장의 형식을 취한 넉 줄 시다. 시조는 일정한 형식의 속박을 받는다. 시조에서 종장은 반전의 묘미가 있어야 한다. 종장의 네 구절 모두 독립적이어야 하고, 운율, 감정 전달, 행간의 숨은 의미 등이 적절해야 한다. 이 시는 이러한 시조의 형식적 조건을 잘 지키고 있다. 독립어를 사용한 첫 소절의 "슬퍼요" 앞에 기起와 승承이 있었을 것이다. "슬퍼요"로 시작하는 종장은 전轉이 된다. 어떤 슬픔인지 알 수 없지만 앞의 슬픈 이야기를 숨기고 '그런데' '그래서' '슬퍼요'가 된다. 슬픈데도 보름달은 환한 눈빛으로 시적 화자와 마주친다. 그래서 시적 화자는 "보지 마세요"라고 거절한다. 달을 보는 순간 슬펐던 지난 일들이 떠올랐을 것이다. 그러면서도 이내 감정이 전환되면서 "그리워요"라고 슬픔과 대치되는 감정을 토로한다. 고통스러운 과거의 일이라 할지라도 세월이 흐르면 추억으로 다가온다. 그래서 시적 화자는 보름달 빛과 마주하면서 슬픔과 그리움이라는 감정이 교차하는 내면의 정서를 표출한다. 시조 종장의 마지막 소절은 흔히 술어나 허사로 끝을 맺어 닫힌 마감을 한다. 그러나 이 시는 "눈빛"이라는 명사로 끝내 자유시 형태를 취하고, 열린 마감을 하였다. 여기에서 눈빛은 슬픔과 그리움이라는 마음의 작용이 나타난 것으로 파악된다.

　시 「낮달」에서는 낮에 뜬 달을 "밤인지/ 낮인지도 모르고/ 마주 보는 얼굴"이라고 비유한다. 시적 화자는 낮달을 보고 "멀어진 시간/ 보고 싶던 날들 속/ 서러운 세월"을 생각해 낸다. 서러움의 세월을 "떨쳐버릴 수 없어/ 바람 따라/ 찾아온 낯선 바닷가"에서 서성인다. 이 시에서도 서러움은 "하얀 그리움으로 다가와/ 얼굴 묻는/ 그림자"가 된다. 낮은 밝아서 달의 존재를 가리지만 달은 늘 하늘에 있다. 낮달은 제 모습을 다 보이지 못하고 희미한 형체만 나타낼 뿐이다. 인간이

가지는 슬픔이나 그리움은 어떤 사건으로 인하여 일어나기도 하지만 숙명적으로 다가오는 감정이기도 하다. 앞의 시에서도 그렇지만 이 시에서도 시적 화자에게 스미는 슬픔과 그리움은 숙명적인 것이라고 할 수 있다. 「하얀 달」에서도 달은 창백한 하얀 달이 되고 애처롭다. 시적 화자는 이러한 달에 감정이입을 하면서 "애처롭던 하얀 달/ 손톱 끝에/ 물들여 붙잡아 보지만/ 동녘 붉은 빛/ 물결에 야위어 가고/ 헛웃음 짓는/ 어제가 오늘로/ 그렇게 나는/ 살아간다"(「하얀 달」)고 한다.

이종옥 시인은 시인이 살아가는 지역의 고향집, 공산성, 강, 나무, 풀, 바람, 산사, 계절 등의 자연을 시적으로 형상화하고 있다.

온기가 사라진 텅 빈 집

바람만
마루 끝에 홀로 앉아
봄빛에 몸을 씻는다

겨울 견뎌 낸 잡초
앞마당을 차지하고
대문 옆 화단에
모란꽃 흐드러지게 피어

늦봄에 젖는다

아무도 보아 주는 이 없어도
봄날은 지나가고
모란은 꽃잎을 떨군다

우리를 기억하는 것은
빈집 마루 위 액자 속
빛바랜 가족사진뿐

　　　　　　　　　　　　　—「빈집 마루에 앉아」 전문

　이 시에서는 사라져 가는 것들, 소멸되어 가는 것들에 대
한 안타까움이 짙게 묻어난다. 시적 화자는 "온기가 사라진
텅 빈 집"을 찾는다. 인기척은 없고 "바람만/ 마루 끝에 홀로
앉아/ 봄빛에 몸을 씻는다". 그리고 "겨울 견뎌 낸 잡초/ 앞
마당을 차지하고/ 대문 옆 화단에/ 모란꽃 흐드러지게 피어/
늦봄에 젖는다". 텅 빈 집이었기에 "아무도 보아 주는 이" 없
다. "봄날은 지나가고/ 모란은 꽃잎을 떨"군다. 시적 화자가
이 빈집을 찾았을 때 "빈집 마루 위 액자 속/ 빛바랜 가족사
진"만이 반겨 주고, 자신을 기억해 줄 사람이 없다. 아마도
이 집 구석구석에는 시적 화자의 추억이 묻어 있을 것이다.
그러나 가족이 떠나고 빈집이 되어, 어린 시절 가슴속에 남
았던 추억들이 하나씩 하나씩 지워지니 얼마나 안타까울까?

우리가 이 시대에서 살아간다는 것은 어쩌면 기쁨이나 행복함보다도 안타까움이나 외로움 또는 고통을 견디는 일일지 모른다. 어느 비극 이론 학자는 현대인이 부패한 현실에서 살아가는 자체만으로도 비극적이라고 하였다. 현대인으로 살아가는 자체가 어쩌면 숙명적인 아픔이나 외로움을 끌어안고 있는 것이 아닐까?

눈물 나면
비 오고 눈 내리면
바람의 향기 따라 가는 곳
마음속 응어리 내려놓는
그곳

하얀 꽃은 떨어지고
무성한 나뭇가지 그림자만 보고
돌아오는 무거운 발걸음
낮술 한잔에
무너진 가슴
헛웃음으로 달래는
가을날 오후

—「그곳, 가을날」 전문

답답하면

발길이 간다

봄, 가을 소풍 가서
보물찾기 하며 뛰어다니던 곳
먼 옛날, 흰옷 입은 사람들과
세월을 함께한 곳

서녘 하늘 보랏빛 노을 속에
긴 그림자 드리우는
오래된 참나무 숲을 지나

천 수백 년을 견뎌 온 성벽 따라
수만 년을 흘러온 강물 따라
말없이 걷는다

내려올 때면 가벼워지는
세월의 무게

—「공산성에서」 전문

　위의 「그곳, 가을날」에서 시적 화자는 "눈물 나면/ 비 오고
눈 내리면" "마음속 응어리 내려놓는/ 그곳"을 찾아간다. 왜
눈물이 날까? 눈물은 기쁠 때 나기도 하지만 대부분 슬픔이
나 아픔 등 감정 변화에 따라 흘린다. 아픔이나 슬픔을 달래

기 위해 그곳을 찾았지만 "하얀 꽃은 떨어지고/ 무성한 나뭇가지 그림자만 보고/ 돌아오는 무거운 발걸음"으로 돌아오고 만다. 그래서 시적 화자는 가을날 오후에 "낮술 한잔에/ 무너진 가슴/ 헛웃음으로 달"랠 뿐이다. 「공산성에서」와 같이 시적 화자에게 "답답하면/ 발길이" 가는 곳이 공산성이다. 어릴 때 "봄, 가을 소풍 가서/ 보물찾기 하며 뛰어다니던" 날들을 기억해 내면서 현실의 답답함을 달랜다. 시적 화자는 "천 수백 년을 견뎌 온 성벽 따라/ 수만 년을 흘러온 강물 따라/ 말없이 걷는다". 그는 공산성을 산책하면서 천 수백 년 전 백제 시대부터 고난을 견디며 살아온 사람들의 삶을 상상해 낸다. 긴 세월을 묵묵히 견디며 살아온 참나무 숲을 지나면서 자신이 지고 있는 세월의 무게와 같은 짐을 내려놓는다. 「금강 가를 거닐며」에서 "매화 꽃잎/ 바람에 흩날리고/ 너도 나를 두고/ 강물처럼 떠나던 날/ 아픈 마음 저미며/ 강가를 걸었다"라고 진술한다. 여기에서도 시적 화자가 아픈 마음을 가슴에 간직한 채 현실에서 살아간다는 것을 짐작할 수 있다. 시인은 "늘 푸를 줄 알고/ 바람과 흔들리며/ 즐기다 보내 버린 날들"이 "어느새 지나가고/ 청춘은/ 마른 잎으로 남아/ 바스락거"리고 우리의 인생은 "잠깐 머물다 가는"(「머물다 가는」) 것이라는 삶의 허무함을 체득한다. 그리고 "그래, 인생은 찰나야/ 한순간 떨어져 흩어지는/ 무심한 별똥별"(「별똥별」)이며, "하루하루/ 그렇게 하루살이로 살고 있"(「하루살이」)다는 것을 이미 깨달았다.

그래서 이종옥 시인은 살아가면서 아픔과 슬픔 또는 숙명적 외로움을 견디는 법을 터득하고 있다. 「구절초」라는 시에서 시적 화자는 "눈빛으로/ 마음으로// 가슴앓이하며/ 주고받은// 하얗게 변해 버린/ 지난날// 꽃잎마다/ 맑고 그윽한 향기 담아/ 따뜻한 찻잔에서// 다시 피어/ 환생하는 너"(「구절초」)라고 진술한다. 시적 화자의 지난날은 "가슴앓이"로 "하얗게 변해 버"렸다. 그러나 지난날의 가슴앓이를 떠나보내고 따뜻한 찻잔에서 다시 환생하여 새 생명을 얻는다. 지난날의 고통이 맑고 그윽한 향기로 전환된다. 「마곡사 금동보탑」에서도 시적 화자는 "합장하는 중생들 마음속에/ 또다시 봄소식 올려놓는/ 저 해맑은 미소"(「마곡사 금동보탑」)를 발견한다.

이상과 같이 이종옥 시인의 시는 개인 차원의 시적 형상화에 머무는 것은 아니다. 인간과 인간의 관계, 사람 사는 세상에도 눈을 돌리고 있다.

금강, 아침 안개
한 폭 비단으로 피어오른다

가까이 보이던 공산성
안개 속 희미한 그림자로 숨어들 때
살며시 눈 비비고 쭈뼛거리며
얼굴 내미는 봄까치꽃

금강 가 분주히 오가는 얼굴들

마스크로 가린 채 안개 속으로 숨어든다

언제부터 얼굴 마주치지 않고 살아야 했는가

눈과 눈이 마주쳐도

냉랭한 눈빛만 오가는 아침

막 꽃 피우려던 봄까치꽃도

싱긋 눈인사만 남긴 채 눈을 감는다

—「봄까치꽃」 전문

여러 해 동안

집 앞 모퉁이 채소밭에 날마다 보던 풀

이름도 모르고 무심히 뽑아내기만 했다

그 이름을 알고 싶어

사전을 찾아봐도 알 수 없었다

세월이 흐르고 흘러도 알지 못하는

너와 나처럼

—「통성명」 전문

　　독일 철학자 마르틴 부버는 너와 나 사이에 마음의 벽을 허
물고 진실한 만남과 말의 건넴이 있어야 인간 소외를 극복할
수 있다고 하였다. 위의 「봄까치꽃」에서 시의 배경은 비단 안

개가 피어오르는 금강 가, 기쁜 소식이라는 꽃말을 가진 봄
까치꽃이 쭈뼛거리며 얼굴을 내미는 봄날이다. 이 얼마나 사
랑스럽고 아름다운 풍경인가? 그런데 그 아름다운 금강 가를
분주히 오가는 얼굴들은 마스크로 가린 채 "눈과 눈이 마주쳐
도/ 냉랭한 눈빛"으로 지나친다. 우리는 한동안 '코로나19'라
는 감염병으로 마스크로 가린 채, 서로 얼굴을 마주치지 않
고 살기도 했다. 그러나 시적 화자는 단순히 감염병 시기만
을 지적하는 것이 아니라 현대를 살아가는 우리들의 모습을
풍유한다. 「통성명」에서도 여러 해 동안 집 앞 모퉁이 채소밭
에서 날마다 보던 풀처럼 이웃을 만난다. 그러나 서로 마음
을 닫고 살아가기에 그 이름을 알고 싶어도 알 수가 없다. 이
름은 그 대상의 존재이기 때문에 이름을 모른다는 것은 그 대
상과 관계가 없고, 그 대상에 대해 거리를 두고 있다고 할 수
있다. 이처럼 우리는 늘 가까이 살면서 "세월이 흐르고 흘러
도 알지 못하는/ 너와 나"가 되었다.

그리고 시인은 서로의 관계를 유지하다가도 뒤돌아서면
잊혀 버리는 우리의 현실을 안타까워한다. "작년, 벚꽃 활짝
핀 꽃그늘 아래/ 활짝 웃으며 내 오른쪽 어깨에/ 손을 살짝 얹
고" "꽃나무 가지처럼 행복이 가득"하게 사진을 찍었다. 그러
나 서로 "제자리로 돌아서면" "엊그제의 행복도 기억하지 못"
하고 "사진 속에서 활짝 웃던 너와 나는/ 어디론가 떠나고"
(「어느 봄날」) 만다. 그래서 시인은 "친하지는 않았어도/ 가끔씩
소식이 궁금한 사람/ 가끔씩 미소가 생각나는 사람/ 또 가끔

씩 보고 싶은 사람// 문득 오늘 아침/ 하얀 얼굴 수줍게/ 맑은 눈빛으로 마주한/ 옥비녀, 그 사람"(「옥잠화」)이 그립다. 이는 너와 내가 마음의 문을 열고 진실한 만남과 대화를 하고 싶은 욕구가 간절하기 때문이다.

「솟대」라는 시에서는 오늘날 자식을 학대하거나 버리는 일들이 빈번한 현실에서 엄마의 헌신과 애절함을 형상화하였다. 시적 화자는 "장대비/ 온몸으로 맞으며/ 나뭇가지 위에 앉"아 있는 새 한 마리를 본다. 그 새는 "등 돌리고 앉아/ 새끼에게 먹일 먹이/ 입에 물고" 있다. 그런데 그 어미 새는 울고 있다. 새끼들이 "어디론가/ 떠나 버"렸다. 그 어미 새는 새끼들을 "기다리다/ 솟대 위/ 새"가 되어 버린 것이다. 집을 떠난 남편을 기다리다 돌이 되었다는 망부석 모티프를 차용하고 있다. 「쇠비름」에서는 우리 사회에서 염치없이 사는 사람들을 풍자하였다. 쇠비름이 "모퉁이 채마밭 한가운데/ 빛 받으러 온 사람처럼" "다리 쭉 펴고 자리 잡"고 있다. "그 당당하고 뻔뻔함"이 이루 말할 수 없다. 그 뻔뻔함이 얼마나 당당한지 "한여름 뙤약볕도/ 눈을 감"을 정도다.

「꽃반지 끼고」에서는 세대 차이를 안타까워하기도 한다. 예전, 어린 시절에 토끼풀꽃으로 꽃반지를 만들어 "손가락에 끼워 주면/ 앞니 빠진 얼굴로 활짝 웃었다". 이 얼마나 행복한 표정인가? 그런데 세월이 흘러 "딸에게 꽃반지 만들어 주었더니/ 반짝반짝 빛나는 것이 좋다며/ 마지못해 손가락을 내민다". 그래서 시적 화자는 "추억 남기기 위해" "너에게/

무슨 반지 끼워 주면 좋을까" 하면서 세대가 변해 감에 대한 안타까움을 '꽃반지'로 형상화한다.

「동탁은잔」에서는 천 수백 년 세월이 흘러도 찬란한 모습 그대로인 '동탁은잔'의 아름다움을 노래하였다. '동탁은잔'은 공주 무령왕릉에서 출토된 은잔이다. 발굴할 때 왕비의 머리맡에 놓여 있었다. 은빛과 금빛을 대비시키고 선각에서 환조로 피어나도록 하여 뛰어난 조형성으로 아름다움을 더한다. 아름다움의 영원성을 "왕비 머리맡 지키던 봉황새/ 시간과 공간을 뛰어넘어/ 보랏빛 환상으로/ 접었던 날개 다시 펴는 날갯짓/ 긴 잠 깨웠다"고 형상화하였다.

3

우리는 세상을 살되 그냥 스치듯 살아간다. 그러나 화가인 이종옥 시인은 꽃과 달과 같은 자연 그리고 삶의 현실 세계에 머물면서 그 대상들을 시적으로 형상화한다. 간결하고 담백한 그의 시를 떠받치고 있는 축은 인간 본연의 그리움이다. 이 그리움의 심연에는 아쉬움과 안타까움, 서러움과 아픔이 자리한다. 그리움은 어린 시절, 추억의 대상물, 떠난 가족, 헤어진 사람 등 보고 싶거나 만나고 싶은 마음이 간절한 감정이다. 그러나 그 그리움은 예전의 상태로는 돌아가기가 쉽지 않거나 불가능하다는 인식에서 출발한다. 시에서 그리움은 과거 회상의 형식으로 표현되어 애틋한 감정, 슬픔 혹은 카타르시스를 일으키는 감동적인 정서 표현으로 완성된다. 이종옥 시인의 그리움은 어린 시절, 고향의 모습, 어머니와 아버지에 대한 회상, 주변에서 만나는 자연과 사물들에서 얻어지는 현실 인식에서 비롯된다. 시인의 이러한 시적 형상화를 한마디로 요약하면 인간 존재의 근원에 대한 물음을 던지는 것이라 할 수 있다. 그리고 그는 자기 체험을 바탕으로 고조된 감정을 함축된 짧은 언어를 통해 자기 고백적으로 진술한다. 그의 시는 일인칭 화자가 진술의 이면에 숨겨져 있을지라도 시인과 시적 화자가 동일시되는 경우가 대부분이다.

그는 왜 그리움을, 언어를 통해 한 폭의 수묵채색화처럼 그려 내고 있을까? 그의 시에 나타나는 본원적인 그리움은 부정적 현실에서 이를 뛰어넘고자 하는 데 있다. 여기에는 어린 시절과 같이 밝고 행복한 공간으로 승화하고자 하는 영원한 삶에 대한 동경이 자리하고 있다. 그러나 과거의 추억 속에 잠겨 있다가 현실로 돌아오면 늘 안타까움이 돋아난다. 이종옥 시인의 시를 읽다 보면 그의 시가 옛 시절의 그리운 심정을 소환해 내고 있지만, 실제로는 인간적인 비애가 현실에 숨어 있음을 시적으로 형상화하고 있음이 발견된다.

이종옥 시인은 그의 그림에 다양한 정서와 추억을 정감 있는 공간 표현으로 담아냈다. 이처럼 시인으로서 그가 삶을 둘러싼 자연과 현실의 내밀한 목소리를 언어의 그릇에 담아내리라 믿는다. 다만 시를 창작할 때 사물을 기존 관념에서 분리시켜 낯설게 보이도록 해야 시적 진실 표명에 더 가까워지고, 시적 감동과 여운이 깊어질 것이다. 앞으로 시인이 시 창작 작업에서 시적 상상력을 바탕으로 자연과 사물들을 시적으로 형상화하고, 역사 속에서도 변하지 않는 진실과 인간의 참모습을 그려 내길 기대한다. 이러한 기대는 시인이 태어나고 살아온 곳에 지금도 역사가 살아 숨 쉬고, 비단결 같은 강이 흐르며, 어디를 둘러봐도 꽃과 나무, 산, 맑은 하늘에 달과 별이 생명력을 질펀하게 널어놓고 있기 때문이다.